成長する伝言

Caloa Mercis

文芸社

―はじめに―

ようこそ、「成長する伝言」へ。
この伝言は私からあなたへの、時を越えた言葉だ。
悩み、傷ついているなら、ぜひとも開いて欲しい。
きっと未来が見つかるはずだ。

ほんの少しだけ、ルールがある。
すぐに読んでしまわず、一行一行をゆっくりと読んでほしい。

ちょうど、私が話し掛けるように。

そして、ひとつひとつのメッセージを、
続けて読んでしまわないこと。
少し、考える時間を設けるんだ。
三日後、一週間後、そのくらいのペースがいい。
そうすると、いろんな発見がある。

それから、私がこうしてごらん、と言ったら
できるだけその通りにするんだよ。
きっといいことがあるから。

成長する伝言　目次

不思議の糸

私には、あなたに伝えたいことがたくさんある。
だが、人間は有限の生き物だ。
私はせめて、ここに記してあなたを待とう。
あなたというひとりの人間がクリアになるように、
私は祈り、心を込めて書こう。

・・・考えながら、聴いてほしい。

さて、窓の外を見てごらん。
明るいかな？　暗いかな？
人の声がする？　鳥はどうだ？

あなたはその場所に満足しているかな？
・・・まあ、ちょっとばかり不満があるだろうな。

だがな、不思議だ。
この世の中ってとても不思議だ。
そう思わないか?

たとえば人は、どんな不安定なことも、
どんな無謀なことも、どんな無意味なことも、
喜んでやっているように見える時がある。
毒が入っているかもしれない食べ物を信頼して食べるし、
裏切るかもしれない人間を信頼して友にしたりする。
考えれば考えるほど、なんて不確実な世の中だろう。

利害や理屈だけでは説明できないことが、山ほどある。
不思議な世界だ。

あなたがもし、何か悩みを持っているとすれば きっと
そんな不思議の糸のひとつに絡まってしまっているのだろうな。

心が疲れるということ

あなたには、希望があるかな？
あるとすれば、とても素晴らしいことだ。

希望は、夢とは違う。
夢は、頭の中だけで考えることだが、
希望は、前に進む力をくれる。

あなたがもし、希望を持って生きていないとすれば、
それは心が疲れている証拠だ。

心が渇き、潤いを失って、
道が閉ざされたように感じたり、
誰もが敵に思えてしまうことがあるだろう。

心が疲れることも、
心が力に溢れることも、
あるひとつの秘密がある。
美しいもの、すばらしいもの、
正しいもの、心地よいもの、
そうしたものから離れてすごしていると、
心は次第に疲れてしまう。
だからあなたも、
何かしら〝リラクゼーション〟なんてものを求めて
お金を使っていたりするのではないかな？

世界には、心をふるわせるような美しい音楽がある。
物語や絵画、ことばがたくさん、たくさんある。
意外にも多くの、心を打つような正義の姿がある。
心地よさなら、

ちょっとその気になれば簡単に買えたりもするな。
だがその奥には、ひとつ共通した〝力〟がある。
わかるだろうか・・・

封じられたもの

私も、いつもこんなことが書けるわけではない。
今はたまたま、フォースが満ちている。
それは森林に入り、
屋根のない昼夜を 生身で浴びてきたからだが――
だがこの力もきっと、次第に失われてゆくだろう。

だから、今のうちに書いておく・・・

かつて、人は自然の中にあった。
自然はときに牙をむき、ときに恵みをもたらし、
人の多くを支配していた。

だがいつしか、自然は人の中に封印された。
天は屋根に隔てられ、緑は隅に追いやられ、
虫は有無もなく殺され、人は己の本能に惑い、忌み、
その心までもが壁を作るようになった・・・

もしあなたが田舎に住んでいて
自然が現実の中にあるとしても、その心はどうだろう?
壁のようなものを感じてはいまいか?
自然に対してだけではない、人に対してもだ──

そう・・・その壁がすべてのフォースを封じてしまった。
今まで、あたりまえのようにあなたの周りにあふれ、
あなたにフォースを注いでいたものたちが、
この心の壁、そしてその造作によって姿を消してしまった。

フォースのないところにいれば、
あなたの力はどんどん削られていく。
これが、疲れてゆく心の正体だ・・・・・・。

受け継いだもの

フォースが失われると、人は次第に死に近付いていく。
だから、人の中にある自然、〝愛〟によって、
これまで人間のフォースを繋いできた。
だが、それすらも奥深くに封じられつつあるようだ・・・

あなたは両親にフォースを受け、今ここにある。
両親は己のフォースのほかに、食べものを与え、
その力をあなたに授けてきた。

あなたの両親は、この世界が安全で、
いかにすばらしいものであるか、
あなたに伝えきれただろうか?

——それは〝思い込み〟かもしれない。

だがそれでいい。
あなたが〝発見〟をする足場になる程度、それがあればいい。

多くの人は、親となり、子供を育てる身となる。
あなたがその多くの人のひとりであるとして
もし十分なフォースがなければ、――
すなわち、この世界の美しさ、素晴らしさ、正しさ、心地よさを
十分に伝えることができないとすれば、――
あなたの子は いつかどこかで、不思議の糸に絡み
あるいはもっと、悪いものが蝕んで
その幸せを奪ってしまうことがあるだろう。

・・・だが大丈夫だ。
あなたの中の自然が導いてくれる。

あなたのその場所に必要なものも、
封じられていたものも、
きっと開け放たれるときが来る。

じっと耳を澄ませば、
きっと聞こえてくるはずだ・・・

紡ぐこと

あなたには、仕事があるかな?

仕事とは、「生活するために仕方なくやる事」ではないよ。

それでは 世界は滅んでしまう。

だって それでは、
生活するためなら、人は何でもやってしまうことになる。
自分の良心も、何も無視して、
仕方なく、納得のいかないことをやるのか?

ある人が言っていた。

「納得できる自分の好きな仕事をできる人は幸せだ」

つまり希だ、と云いたいのだ。

・・・それは大きな間違いだ。
納得の行かない仕事をしては、いけないいんだ。

生活のためなら、自分の命のためなら、
あなたは核兵器でも作ってしまうのか？

逃げる場所がないように思うかもしれない。
だが、抜け道はいくらでもある。
あなたは、狭い社会に〝洗脳〟されているだけだ。

仕事とは、フォースを紡ぎ、伝えていくこと。
みんなを、生かしていくことだ。

だから、いくら自分が好きで、納得していても、
みんなが生きなければ仕事とはいわない。
それはただの遊びに過ぎない。
一部の人や、特定の人が生きることでもいけない。
それはただの争いに過ぎない。

みんなが、あなたの仕事によって生かされる。
それが、真実の仕事だよ。

豊かに生きること

世の中には、お金というものがある。
実際のところ、1円や2円で出来てしまうものが、
大きな価値を持っていたりする。
とても不思議だ。

持ったことがあるならわかるだろう、
お金は、あればなくなってしまうものだ。
なければ不安でたまらないかな?
ないなら、ないなりに、どうにかなるものだがね。
・・・相当無茶をしなければ。

ラテン語に、こんな格言がある。

〝ドクトゥス・イン・セ・センペル・ディウィティアス・ハベット〟

——doctus in se semper divitias habet——

「賢者は己の内に富を持つ。」

いくら頑張って、貯金をしても、
お金というものはあればなくなってしまうものだ。
だが知識や技術は、あなたが生きる限り——
たとえ敵があなたを丸裸にしてしまったとしても、
身についたものは、生涯離れることはない。

どこにこの社会が、安全に存続するという保証があるだろう？
わかるだろうか、この浮島のような大地が。
あなたに身から離れぬ富があるならば、
そして真実の仕事を行えば、
どんな世の中だろうと、あなたは生きていくことができる。

そして、それが真実の仕事であることを自覚すれば、
あなたは喜びで満たされ、残る技に自信を持ち、
〝幸せ〟を得ることができるはずだ。

・・・それ以上に何を望むのか?

欲望は、恐ろしい。
流れ果てぬ、溶岩のようなもの。
森を焼き尽くし、湖を干上がらせ、谷を埋め、
それでもなお進んで行く。
冷えて岩にならなければ、
あるいはこの世のすべてを呑み込むまで、
止まることはない。

自由であること

私はかつて、争いが起きれば良いと思っていた。
革命が起きて、何もかもが自由になることを望んでいた。
当時の私は、束縛に耐える力を持たなかった。
血の気が多く、妥協よりも傷を選んだ。
だが、やがてそれは間違っていることに気付いた。

私はもともと自由であり、
全ての束縛の元は、己にあったのだ。

見えるだろうか、あなたに?
あなたがもし、自由でないとすれば、
そして、自由を求めるとすれば、
あなたの奥底に潜む「恐れ」を見つけねばならない。

自由とは、全てが思い通りになることではない。
自由とは、心を縛する糸が解かれた状態だ。

足や手の一本や二本ないところで、多少の不便があろうと
あなたの意志の行く手を阻むものは、実際ないはずだ。

いいか、人間は有限の生き物だ。
どこまで行っても、欲望は果てしない。
ないものを求める心は、自由ではない。
だとすれば、あるものを良く観察して、
その無限の可能性を見つけたほうが、よほど自由じゃないか?

世界を良く知らないうちに、世界を変えようとか、
壊したいとか、改善したいとか、考えてしまうのはよくない。

・・・よく観察するんだ。
何が悪くて、どこに良いものがあって、
どこからどこまでを変えるべきなのか、見定めるんだ。
そしてそれは、尋ねられなければならない。

相手が人であれ、動物であれ、植物であれ、
そこに罪があろうとなかろうと、
「互いを生かすために」最も最善の選択をするんだ。
そのために、彼らに尋ねなければならない。

・・・つまり虫は、逃がしてやるんだ。

笑うこと

あなたは、きっと笑えば美しいだろう。
周囲の人々はあなたに話し掛け、好むだろう。
笑う、それだけで人々の態度がどれほど違うことだろうか・・・。
友人が多くなり、争いは未然に防がれる。

だが、争いの場は・・・
意図せずして、発生しているものだ。

あなたが幸せな人であることを願いたい。
だが、世界は残酷だ。

・・・笑うことは、悲しい。

可笑しいわけでもないのに、周囲を和ませるために、
印象を良くするために笑うことを「愛想笑い」と言う。
場を選ばずに、この笑いに慣れてしまうと、

悲劇的な事態が起こる。
あなたは経験しているだろうか・・・

痛いのに、笑っていたこと
深く傷ついたのに、それでも笑っていたこと
そして・・・あなたを攻撃すると分かっている者に
ひきつった笑いを送っていたこと・・・

あなたは経験しているだろうか。
笑顔で傷つく自分、どう思う?
それはすでに、笑顔の病だ・・・
笑うことで周囲を和ませることに慣れてしまったばかりに
恐れに面と向かうことを忘れてしまった。

痛いのに笑うのか?
悲しいのに、笑うのか?
苦しいのに、笑うのか?
何を恐れて?

あなたの眼にときどき——
わけもなく涙があふれてくるのは
どこかにそんな無理があるからではないかな?

変わること

大地は暖かい。
穏やかな風があなたを包み、やさしさが満つる。
どんな場所も、醜いものも、悪いことも、貧しさも、
住み慣れてしまうと、どうということはない。

あるとき、時の使者があなたに手をのべて言う、
「これから起こることはつらく、厳しいが、
お前が望むものをひとつ授けよう」

・・・そう、たとえば
あなたの中のその弱さ・・・

あなたはあなたの弱さに住み慣れてしまって
使者の手を取ろうとはしない。

このままでいることはとても簡単だ。
世の中を恨み、愚痴をつき、愛想笑いをし、
弱い自分の中に閉じこもって生きればいい。
どんな汚いことをしても、だ。

あなたに変わりたいという願いはあるか？
もしそれが、〝希望〟ほど力のあるものではないとしても、
あなたに夢があるなら教えておこう――
変革は、つねにあなたにハードなものを仕向ける。
それはとても覚悟が要り、勇気が要る。
ときには、冬の海に断崖の上から飛び込むくらい、
恐ろしい。

それを行えば、必ず素晴らしい未来があると
確実に分かっている時でさえ、
人は恐れに克てないと、そのままの状況を変えることができない。

だってそうだろう――
あなたが夢を持たなければ、
どんな恐ろしいことも、激動もなく、
人を騒がせることもなく、
親兄弟何も知らずに――
いままでと同じ静かな一日が過ぎるだけだ。
それはとても安全で・・・
魅力的な選択肢だな。

だがどうだ、そんな自分は好きか？
強い者、成功している者、フォースの高い者というのは
そんないくつもの変革を乗り越えてきている。
だってそうだろう――
誰もが赤子から始まった。
それぞれがみな、それぞれの素質を生かし、

持てる知恵と力のかぎりをつくし、恐怖を乗り切った。
そして、時の使者はいきなり大きな試練を与えたりはしない。
あなたの限界の力で乗り切れるだけの試練を、つねに与えるのだ。

成長すること

〝誰もが赤子から始まった〟
・・・この意味を考えたかな。

そう、成長するということは、
生きるということは、「常に」辛いのだ。
心であれ、身体であれ、
あなたはスプーンから米の袋まで
段階を経て重いものを持てるようになる。
・・・覚えているだろうか。

米の袋までになれば力の苦労は随分減るが、
それまで至るには、存在するものはいずれも重い。
スプーンから杓子に変わるのは、ハードなのだ。

重さを課せられなければ、あなたは華奢でひ弱なままだ。
それは心にも言えることで、

稚い心はどんな軽い言葉や行動にも容易に傷つき、
その活動にさまざまな支障を来すようになる。

・・・だが、世の中は複雑化した。
少し前までは、心も身体も自然に成長し、
時が経てば社会に適応できるようになったものだった。
だがどうだ、あえて歴史に眼を瞑って
この「今」だけを見つめても、実に複雑である。
悪は善を装い、巧みに人を陥れる。
世間は混沌となり、信ずるものもままならぬ・・・
そうしてやがて、人は心を閉ざして生きるようになる。

閉ざされた心は、赤子のままだ。
愛も裏切りも、その心の奥底まで届かない。
冷たい眼差しが、過ぎ行く時を見送るだけ・・・

だが、そんな脆弱な心は、ふと解放される時がある。
あなたに「信じたい」と思う心があるからだ。
誰もが、そう思う。
だからこそ、恋の相手を求めたり、
権力や財産、宗教にすがったりするのだろう。
世界を信じたい、社会を信じたい、
そう思うのは自然なことだ。
自然なことだが、そこでは一番重要なことを見失っている。
わかるだろうか・・・

信じること

あなたが信じたいものは、すべて外側にある。
そう、見落としているのは、あなたの内側
「あなた自身」だ。

私の闇はこう云うだろう。

「信用することよりも、信用させることのほうが簡単である」

もし信用できる相手を得られないならば、
逆に自分が信頼される人間になればいい。

信用されてから信用しても、遅くはないはずだ。
・・・最も、フォースが伸びる方法だ。

そして、世界。

彼らは、人間ほど簡単にはいかない。

ただ無言であなたを試し、淡々と強者のみを選択していく。

地は揺らぎ、天は轟き、山は崩れ、川は乱れる。

何一つとして永遠に信用できるものなどない。

あなたが苦心して建てた家も、
生涯そこにあるという保証はない。
社会もまた同じ。
どこで作られ、どのように加工され、そこにあって
あなたの手に入ったのか分からないものが、
どのくらいあるだろう?
情報があっても、信じられるのか?
その食べ物に害がないと言う保証など、
どこにもないのだ。

世界や社会を信じることは、
おおかた「勝手な期待」である。
それが乱されたところで、ヒステリックになったり
パニックを起こすのは愚というもの。
世界は常ならぬものであり、

社会はアヤしいものであり、
人はおおよそ信用ならぬものと心得ておれば
何ら心配することはなくなる。

信ずるべきは、そんなゆらぎに耐えうるだけの
素晴らしいフォースを持った、あなた自身なのだ。

醜いもの

言うまでもなく、
世の中は醜い言葉が溢れている。
この島の民の多くは好んで醜い話題を交わし、
幸福は奥に潜めて、表に出すことはない。
それはなぜか。
そう、幸福であることを表に出すと、「妬み」を買うからだな。
あなたも、無意識に気遣っていたりすることだろう。

すでに民族性と言ってしまってもおかしくない「妬み」

他者の幸福を喜べない悲しい習性。

かつて話した、「欲望」と関わりがある。


さて、面白い慣習がある。

海外で現金の買物をすると、「おつり」の数え方が違うらしい。

彼らは、「引き算」というものをしないのである。

「あといくらあれば、出された金額と同じになるか」

・・・という風に数えるのだ。
たとえば8ドルのものに10ドル出したとする。
日本流は10－8で2になるが、
彼らの場合8＋2で10、とする。

これを心理に置き換えてみよう。
10ドルを「秀でた人」とし、8ドルを「自分」とする。
引き算をする時の意識を変換する。
・・・すると、
「あいつをいくつ引きずり下ろせば、自分と同じになるか」
・・・となる。
〝出る杭は打たれる〟民族性そのままである。

いっぽう、足し算では
「いくつ頑張れば、あの人と同じになるか」
〝出た杭に追いつく〟発展的な考え方がある。

個性を無視し、あいまいな言葉を生み、人を怠惰にし、
発展を妨げ、国を貧しくする原因がこのような考え方にある。
他人にキラリと光るものを見つけたとき、
その人のアラを探して自己満足するよりも、
「どうしたらそのようになれるか」を考えてみないか。
正しいものから、その光が生まれると信じてみないか。

穢れること

人間はただその存在だけで罪だと言う人がある。
それは人の数だけ解釈があるのだろうが、
そのうしろめたいものは「何」なのか?

人の上に立つ者の多くは穢れに敏感だった。
多くの家畜を犠牲に生きる者は、罪の意識に付きまとわれた。
稲の民も肉の民も、厳しい生存環境において
その手を汚さなければ、決してそこには存在し得なかった。
・・・しかし今、「穢れていない」者が多くある。

生きるということを特に意識せずとも生かされ、
それは 割と簡単なこと に成り下がっている。
それがどれだけの 犠牲 と 他者の苦痛 によって成り立っているものか、
知る者は少ない。

生存する限り、どんなに遠ざけても

その穢れから逃れることはできない。
むしろ、その罪を知らないという罪が——
最も重罪であるように思える。

ただひとつ、覚えておいて欲しいのは
「穢れは悪ではない」ということだ。
必要ならば、むしろ進んで、最も近くで、
その手を汚すべきなのである。
それが最も正当な生 なのだ。
しかし勿論、それは法に適わねばならない。
穢れは、最も敏感で、扱いの難しいものになっているからだ。
一方が増えれば、一方が減る・・・
一切れのパンを奪って自分が生きるか——
それとも与えて己は死ぬか——
あるいは、二つに割って双方死ぬか。

・・・資源は限られている。
やがてそういう時は、必ずいつか来てしまうだろう。
その時に、最も賢い選択ができるよう、
あなたのその智慧を十分に養っておきたいものだ。

弱いもの

人は、弱い者を攻撃する本能がある。
幼い心は、これを直に受ける。
攻撃という黒い影響は、やがて渦を巻いて
その心を歪めていく。

二種類の弱い者がある。
一方は、消極的な弱さ。
一方は、積極的な弱さだ。
前者は見ただけで弱いが、
後者は弱いことを自ら明かしていくのである。

さて、その弱さはどこから来るのだろう。
考えたことがあるかな。

弱さは、悪の自覚から生まれる。
そして悪は、利己から発動する。

人は、何らかの否定が行われると、
悪の自覚によって、不安が起きる。

〝私は周囲に受け入れられない人間なのか？〟
〝私は、「悪」なのか？〟
その不安が表面に出て、弱さとなる。
・・・わかるかな。

脅えた目、自信のない声、
関わりを避ける様子、不自然な態度・・・
苛める者も、苛められる者も、不安なのだ。
どちらも、互いを恐れている。

・・・そして・・・きわめて残酷な事実を言えば、
この国には、ある程度〝はったり〟が要るのである。
知識や技術といった、本物のフォースを持てば、そんなものは必要ない。
しかしそれを得られなかった者達が、
死の危険に立って、〝はったり〟という技を学んだのだ。
それは「脅し」であり、「虚勢」である。
フォースのない者にとって〝ナメられる〟ことは死を意味し
それを避けるために、あらゆる意地を張りとおす。
しかしそれは強いように見えて、弱いのだ。
どんな創造性もない。

この島はそんな者が多くの権力を持っているので、
みなに勢いが必要になってしまっているのだ。
大人がそんな風なのだから、子供に苛めがなくなるわけがない。
〝はったり〟の有効性を試行錯誤して学んでいるのだから。

・・・乱暴な言葉は、ボキャブラリとして持っていても構わない。
だがそれを真面目に使う時、

あなたが〝弱い〟ことと、〝恐れて〟いることの
ふたつを同時に明かすことになることを、覚えていて欲しい。

調和すること

すべて生存する者は、何らかの生命を殺して生きている。
逆に言えば、「殺すことができなければ」
生きることはできないのである。
より有利に生きようとすれば、より多くを殺める。

人間がなければ、ヤギも羊も存在せず
大きく甘いリンゴも白菜も存在しなかった。
ヤギを放っておくと、見境なく増え続け、
たちまち草原を砂漠に変えてしまうという。
ヤギは人間の手によって
「食べる悪魔」と化してしまったのだそうだ。

人間が管理し「殺すためだけ」に生み出されたものは、
多くがそのように自然の叡智を失っている。
彼らが独自に自然の中で「調和を守って」生きることはできない。

自然のものは、自然によって調合されたフォースがある。
野菜にしても、家畜が肉だけを追求されたように
その「実」だけを追求された。
かつてはあった現代の科学では未知の成分が、
いま、そこにはないのである。

あなたには、アレルギーがあるかな?
私にはない。
私は山に育ち、野イチゴを食べ、スイコと呼ばれる草を噛み
笹の若芽や松の実を食べた。
・・・もちろん主食ではない。
散歩の道々でつまんでは食べているのだ。
また、そうしたときはよく
湧き水や小川の水で喉を潤したりもした。
ときには虫に刺され、バラの棘に引っ掻かれ、
ウルシにかぶれたりもした。

だがこうしたこと全てが、私を強くしてくれたように思う。

・・・だからといって、
あなたがその山にわざわざ行くことはないよ。
海に生まれたものは海に、島に生まれたものは島に、
「穢れに」行くのが良い。

穢れは悪ではない。
生と死とが聖者の天秤に掛けられ、
生に重みがあるならば、それは価値がある。
・・・迷うならば問いなさい。答えない者はいない。

正しいこと

あなたには、癒えない傷があるだろうか。
恨んでやまない人があるだろうか。
憎しみの感情があるだろうか。

この世界には、まだまだ邪悪なものがある。
それは、「人」や「もの」という目に見えるものではなく
それらを動かす力にある。

よく聴いてほしい。
どんな人、もの、どんな存在にも 適する場所がある。
意味のないものは、ひとつとしてない。
あなたが授かったその身体を、
邪悪なものにするか、正しいものにするかは
その動かし方にかかっている。
正しいことをしている人間は、
堂々として、何も恐れることがない。

しかし、ひとつでも悪いことを行うと、
うしろめたく、思い切って行動することができない。

あなたは問うだろう、
「何が正しく、何が間違っているのか?」
——それはあなたの胸の中にある。
あなた自身が心の底から素晴らしいと思える行動、
それが正しいことだ。
そして、どんな遠くで、どんな遠い未来にでも、
あなたの行動によって死が齎されたら、
それが悪だ。

悪を見分けることは難しいと思えるかも知れない。
だが、未来を見る力は誰にでも備わっている。
心の奥底の声に耳を傾けてごらん。
〝それ〟を行う時、脳裏をよぎるかすかな予感を。

枯れた木、汚れた水、霞んだ大気、黒ずんだ潟
人々が心を澄まして、世界とその奥底の声に
静かに耳を傾けてくれたなら、こうはならなかった・・・
聴いてほしい。
静かに、そして素直に。
素晴らしいと思えること、生き生きとすること、
美しいこと、真っ直ぐなこと、
そうしたことで心を満たしていよう。
そうすれば、やがてあなたの中に眩い力がみなぎるはず。

美しいこと

あなたは、その体型や顔立ちを気にするだろうか。

私の闇はこう言うだろう。

「容の美しいものは、死体だけ美しい」

顔立ちや体型のことを死んだ美と云い、そして
顔つきや身のこなしを生きた美と云う。

生きた美には、心が表れる。
たとえ化粧や衣装で塗り固めても、表情が死んでいたり
態度に気品がなければ、美しいとは言えない。
だが、どんな顔や体型をしていようと、
表情が生き生きとして礼儀正しく、品格があれば
それは前者よりも数倍美しい。
人に好かれるのは、容や社交性ではない、
〝生きた美〟なのだ。

辛いことがあったり、苦しい状況にあれば、

自然に心は暗くなるだろう。
一歩間違えれば、それが自他への恨みの念になって
多くの人を傷付けてしまうものになることもある。
だが、それは己に負けてしまった証拠だ、
そんな時こそ、心を光で満たすんだ。

たとえば——
あなたが見てきた中で、一番美しい風景を思い浮かべてごらん。
言葉でもいい。音楽でもいい。
一番好きなものを、心いっぱいに広げるんだ。

よし、そうしたら、今までで感じた
一番心地よい 風 の肌ざわりを思い出してごらん。
そうすると、辛い気持ちや苦しい気持ちは、
この清らかな風に運ばれて消えてゆく。
あなたの髪の毛は遥か長く黄金に輝いて、

美しい景色と心地よい風の中にゆったりとなびく。
あなたはスラリと美しく立ち、
その表情は引き締まって気品がある・・・
呼吸は整って長く静かに、
心は大空のように広く穏やかだ。

・・・できたかな。
それが大気の癒し、美しくなれる一つの魔法だよ。

喜ぶこと

喜びとは、証である。
たとえば、あなたは祈るだろう？　願うだろう？
未来に向けてその手を伸ばすだろう。

だが同じように、はるか昔のあなたも願ったはずだ。
〝そうあること〟を。
あなたの周りには食べ物があふれ、水が満ち、
死は遠いところにある。
あなたはかつて願っていたはずだ。
〝そうあること〟を。

喜ぶことは、欲することと対照的で、
そしてこれらが繰り返して波を描くとき、人は幸福になる。
さて、しかし——
その波の始まりはどこにあるのだろう。
幸福の輪は、どこで回り始めるのだろう？

そうだ、それは欲することで始まるのではない。
あなたがほほえむとき、
運命を紡ぐ者達は 初めてあなたの喜びを知る。
そう、あなたが生まれたとき――
彼らはあなたの喜びを知らずにいる。
あなたがもし、不幸なら、
あなたには証が足りないのだ。

少しでも良いことがあったとき、天を仰いで――
心の中で叫ぶんだ、
「ありがとう」と。

その時こそ空に明かそう、「これが私の喜びである」と。

人に、獣に、植物に示すのだ――

「これが私にとって嬉しいことである」と。
打ち明けるのだ、ごく純粋に。
そして自然に。

隠すことは必要ない、
〝ありがとう。〟それだけでいい。
あなたの喜びを明かすのだ。
そうすれば、幸福はやがてやってくる。

閃くこと

考えることは、知ることよりも小さく、
感じることは、知ることよりも大きい。
しかしいずれも行き過ぎれば害となり、
その命さえも脅かすことがある。

考えすぎれば、陰がせまる。
考えなさすぎれば、愚かに過ぎる。
知りすぎれば、恐れがせまり
知らなすぎれば損害となる。
感じすぎることは痛ましく、
感じなさすぎることは極めて残酷だ。

だがただひとつ、そうではないものがある。
考え、知り、感じることが調和したとき、
「閃き」が生まれる。
閃き過ぎることは害にならない。

閃かなくとも、平和なだけだ。

ではその調和――センスはどこから来るのか?
それは無数の工夫によって生まれる。

私はよく山を歩いた。
どうすればあちこちに生えるバラの棘に引っかからず、
木々の根が作る窪みに足を取られずに進むことが出来るか、
それは工夫の連続である。
平坦な街の道を歩いているだけでは、
知恵は養われない。

平和で便利な日々は、人を愚かにする。
向上心の無さ、無頓着さ、そして無関心。
さして困りはしないが、これと言って素晴らしいわけでもない
そんな日々にあっては何も変わりはしない。

考え、知り、感じるのだ。悪しきことも、美しきことも。
悪しきものがどうすれば良くなれるのか、
どのようにすればあのように美しくなれるのか
その方法を閃くのだ。

いちど閃いてしまえば、あなたはいても立ってもいられない。
あなたの胸の中に、見たこともないすばらしい世界が
はっきりと描かれているからだ。

創造すること

あなたは、創造に抵抗があるだろうか？
それが複数の人の意識に触れることを恐れるだろうか？

確かに人は批評するだろう。
邪に思う者もあるだろう。
気分を悪くしたり、気に入らなかったりもするだろう。
だから、あなたは作らないのか？
あなたは日頃、言葉を作っている。
なかには相手にとって不愉快な言葉のときもある。
だから、あなたは喋らないのか？

いいか、よく覚えておくんだ。
あなたは創造されたものであり、また創造する者だ。
あなたが先のような理由で創造をやめているとすれば、
自分自身が気分の悪い、気に入られない、
不愉快な存在であることを認めていることになる。

そしてさらに根源の法を用いるなら、
創造しないことによって「永遠に不愉快な自分であり続ける」のだ。

だってそうだろう——
得体の知れないものは気味が悪い。
それは明らかに不愉快なものよりも、もっと不愉快だ。
無関心と怠惰がこれまで許してきた罪、
あなたの中で報われなかった思い、そして願い、
さまざまな悲しみ、悩み、苦しみ、孤独。
たとえ自分自身で立ち上がるエネルギーがなくても——
あなたが命である限り、創造は許される。

もう一度言っておこう。
あなたは創造されたものであり、創造する者だ。
創造されたものには創造する使命がある。
創造しない者は、命として価値がない。

自らをより素晴らしいものへ変えたいなら、
より多くを、より多くの人に向けて創るのだ。
そうして世界は創られてきた、そう、もちろんあなたも。

その一瞬、一挙手 一投足が すべて創造なのだ。

・・・もはや、古いあなたはいない。
人は一日一日、生まれなおすことができる。
醜いものは、必ず死んでゆく。
あなたは今ここに、
昨日のあなたから美しいものだけを遺されて立っている。
暗い記憶はすべて風の向こうに消え、
今日という新しいキャンバスと美しい絵具がある。

人は一日一日、新しいのであるから。

いつも、はじめましてと言おう。
新しいあなたに。

―おわりに―

最後まで読んでくれてありがとう。
あなたも気がついたと思うが、
この伝言には幾つか「私だけが使う言葉」がある。
あなたが想像したものと同じものかどうか・・・
確かめてみてほしい。

「フォース」
元はフランス語の force、力だ。

もうひとつの意味は、アジアに伝わる〝氣〟に似ている。

生命が持っている力。

それから技術や知恵、知識、忍耐、体力。

社会や世界に通用する力。

希望、幸運などの未来をひらく力。

いずれも根源は氣で、これが健全に巡ることで現れる力が〝フォース〟なのだ。


「この島」

日本列島のこと。

それが世界の中で小さい領域であることと、
国ではなく自然を含めた領域として示したかった。

島と言えば、人間以外のものも含まれる。

そう、人間以外のものを意識して欲しかった。

「穢れ」
神道に出てくる言葉で
本来は憑き物のようなものや邪気を表す。
ここでは 死 や 危険 との直接の関わりを示した。

絶望しそうになったら、
いつでもこの伝言を手に取って読んでほしい。
もうあなたは全部を読んだから、
どこから読んでも構わないよ。
必要になったら、いつでも「呼んで」くれ。

著者プロフィール

Caloa Mercis（カロア・マーキス）

長野県出身。独学でタロットを習得し、のち占いを通じて多数の相談に応じる。やがてアドバイスの中にいくつかの共通性を見出し、Webサイトにてヒーリング・メッセージ「成長する伝言」を公開。一方で伝授式のハンドヒーリングおよびヒーラー養成技術を習得し、占いとともにヒーラー養成活動を行っている。

http://www.crystalpalace-jp.com/

成長する伝言

2002年7月15日　初版第1刷発行

著　者　Caloa Mercis
発行者　瓜谷 綱延
発行所　株式会社文芸社
〒160-0022　東京都新宿区新宿1－10－1
電話03-5369-3060（編集）
03-5369-2299（販売）
振替00190-8-728265

印刷所　株式会社フクイン

ISBN4-8355-4043-3 C0095